사랑이 가기 전에

국립중앙도서관 출판시도서목록(CIP)

사랑이 가기 전에 / 지은이: 조병화. -- 양평군 : 시인생각, 2013
    p. ;   cm. -- (한국대표명시선100).

ISBN 978-89-98047-70-2 03810 : ₩6000

"조병화 연보" 수록
한국시[韓國詩]

811.62-KDC5
895.714-DDC21   CIP2013012178

한 국 대 표
명   시   선
1   0   0

조 병 화

사랑이 가기 전에

시인생각

■ 시인의 말

'사랑이 가기 전에' 이렇게 시집의 이름을 다시 붙여보았
다. 제4시집 『인간고도』 중 제3부를 다시 상속하는 셈이다.
　시집 중 제1부 '사랑이 가기 전에' 아홉 편이 그것이요,
제2부 '속·사랑이 가기 전에' 삼십이 편은 그 이후의 작품
들이다.

　이 시집의 맥은 하나의 맑은 사랑의 호흡이다. 이것은 숙
명적인 생명을 여행하는 하나의 인간의 기도인지도 모른다.
나는 내 연대를 지나가기 위하여 휴식이 있어야 했다. 휴식
은 사랑. 사랑은 결코 행복한 사람들의 것은 아니었다. 그렇
지 않은 사람들의 유일한 재산이었다. 사랑은 생명을 지닌
외로운 사람들에게 그 사는 소중한 힘을 주는 것이었다. 산
다는 것은 무슨 목적이 있는 것은 아니지만 외로운 사람들
이 서로 같이 살아가는 그것은 대단히 고마운 정인 것이다.
외로운 사람들의 목소리에선 항시 신비스러운 우리들의 말
들이 묻어나온다.

이 시집 속엔 한 여인이 있다고 해도 좋다. 두 여인이 있다고 해도 좋다. 혹은 많은 여인들이 잠시 머물다 돌아간 초라한 하나의 여인숙이라고 해도 좋다.

이 시집은 내 여숙旅宿이었다 해도 좋고 당신의 여숙이었다 해도 좋다. 이 지독히 외로운 연대를 나와 같이 지나가는 불행한 사람들이 잠시 물을 마시러 머물다 돌아가는 여숙이 되었으면 하는 정이었다.

이 시집 속에 들어 있는 시들은 내 시들에 있어서 하나의 막간의 자리를 지니고 있게 될는지도 모르나, 내 인생에 있어서 하나의 절정 노래들이다.

1955년 가을

조 병 화

— 시집 『사랑이 가기 전에』(1961. 12. 10)에서 —

■ 차 례 ─────────── 사랑이 가기 전에

시인의 말

1
사랑이 가기 전에   13
낙엽끼리 모여 산다   17
이렇게 될 줄을 알면서도   18
고독하다는 것은   20
헤어지는 연습을 하며   22
편지   24
시간   25
하루만의 위안慰安   26
오산 인터체인지 ―고향으로 가는 길   28
사랑은   29

2

청춘에 기를 세워라   33

어머님, 너무 멉니다   34

안개로 가는 길 —경인고속도로에서   36

절벽 —카보 다 로카Cabo da Roca에서   38

네오로맨티시즘   40

사랑, 혹은 그리움   41

이오니아 바다의 돌   42

먼 그 약속   43

노변의 꽃들   44

추억   46

3

파리　49

공존의 이유 · 12　50

지금 너와 내가　52

종달새　54

지금, 이 깊은 밤에　55

모래밭의 발자국　56

황홀한 모순　57

나의 생애　58

꽃을 파는 어린 소녀　59

파이프를 청소하고 있노라니　60

4

밤중에 걸려오는 전화는   63

나의 존재   64

개구리의 명상·1   65

언제 이 세상 떠나더라도   66

그리움을 남기면서   67

시인詩人의 사랑   68

인간은 죽었다   69

민들레꽃   70

내게 당신의 사랑이 그러하듯이   71

신神은   72

5

무상無常 —캐나다, 앨버타, 로키산맥을 돌며   75

혜화동 로터리   76

꿈의 귀향 —묘비명   77

오늘도 이렇게   78

시詩를 살다 보니   79

묵은 편지를 버리며   80

나의 생애   82

고요한 참회   83

예술藝術의 뿌리   84

마지막 노자   85

조병화 연보   86

1

사랑이 가기 전에

일체의 욕설과 굴욕을 참아가며
그래도
나는 살아가야만 하는 것인가
살아야만 하는 것인가

본의가 아닌 내 생존과 감정이
이렇게 충돌과 인내를 일삼아까지
타오르는 울분을 그대로 내 가슴속 깊이
묻어야 한단 말인가
견뎌야 한단 말인가

이 눈보라 치는 겨울
온 생명이 소리 없이 얼어붙는 밤거리에
인사도 없이
당신은 내 곁을 그대로 사라져야만 한단 말입니까
나는 그대로 온 생명의 길목에 서서
말뚝처럼 이렇게 살아남아야만 좋단 말입니까

따지고 보면 당신이나 나나
보잘것없는 여기 매몰해 가는 생명
싸우다 보니 서로 그리워지는 것이 아니겠습니까

서로 비켜서 보니 외로워지는 인생들이 아니겠습니까
길은 막히고 저물어 가는 인생의 벌판
나 호올로 별과 별 아래 머물면
모조리 내 곁을 지나치는 먼 여정
당신마저 내 곁을 비켜서야만 한단 말입니까
나 호올로 내 곁을 지나가야만 한단 말입니까

나는 살아 있는 이 내가 아니올시다
외로움이 그대로 부풀은 어느 인생의 껍질
어떻게 이렇게 빈 가슴과 가슴들이
얽히고 서리고
엉성히 매달린 하나의 열매

여보십시오
내 인생의 길벗이여
이 추운 겨울 한밤중

어디서
당신은 찬 여정을 깃들이고 계시는 것입니까

내 텅 빈 인생의 동굴로 돌아오십시오
내 빈 가슴으로 돌아오십시오

욕설이 가고
시기가 가고
미움이 가시고

오오 인생의 허영이 무너지는 내 가슴으로
당신은 시들은 장미 송이처럼 엉기십시오

희망을 주시는 자여 사라져라

일체의 고요함이 인생과 더불어

당신과 내 곁에 영 있어라
나와 더불어 당신의 인생이 있어라

일체의 욕설과 굴욕이 사라지면
당신이 남고
내가 남고
부스러진 감정 속에 인생이 엉긴다

오 벗이여

낙엽끼리 모여 산다

낙엽에 누워 산다
낙엽끼리 모여 산다
지나간 날을 생각지 않기로 한다
낙엽이 지는 하늘가에
가는 목소리 들리는 곳으로 나의 귀는 기웃거리고
얇은 피부는 햇볕이 쏟아지는 곳에 초조하다
항시 보이지 않는 곳이 있기에 나는 살고 싶다
살아서 가까이 가는 곳에 낙엽이 진다
아 나의 육체는 낙엽 속에 이미 버려지고
육체 가까이 또 하나 나는 슬픔을 마시고 산다
비 내리는 밤이면 낙엽을 밟고 간다
비 내리는 밤이면 슬픔을 디디고 돌아온다
밤은 나의 소리에 차고
나는 나의 소리를 비비고 날을 샌다
낙엽끼리 모여 산다
낙엽에 누워 산다
보이지 않는 곳이 있기에 슬픔을 마시고 산다

이렇게 될 줄을 알면서도

이렇게 될 줄을 알면서도
당신이 무작정 좋았습니다.

서러운 까닭이 아니올시다
외로운 까닭이 아니올시다

사나운 거리에서 모조리 부스러진
나의 작은 감정들이
소중한 당신의 가슴에 안겨들은 것입니다.

밤이 있어야 했습니다.
밤은 약한 사람들의 최대의 행복
제한된 행복을 위하여 밤을 기다려야 했습니다.

눈치를 보면서
눈치를 보면서 걸어야 하는 거리
연애도 없이 비극만 깔린 이 아스팔트.

어느 이파리 아스라진 가로수에 기대어
별들 아래

당신의 검은 머리카락이 있어야 했습니다.

나보다 앞선 벗들이
인생을 걷잡을 수 없이 허무한 것이라고
말을 두고 돌아들 갔습니다.

벗들의 말을 믿지 않기 위하여
나는
온 생명을 바치고 노력을 했습니다.

인생이 걷잡을 수 없이 허무하다 하더라도
나는 당신을 믿고
당신과 같이 나를 믿어야 했습니다.

살아 있는 것이 하나의 최후와 같이
당신의 소중한 가슴에 안겨야 했습니다.
이렇게 될 줄을 알면서도
이렇게 될 줄을 알면서도.

고독하다는 것은

고독하다는 것은
아직도 나에게 소망이 남아 있다는 거다
소망이 남아 있다는 것은
아직도 나에게 삶이 남아 있다는 거다
삶이 남아 있다는 것은
아직도 나에게 그리움이 남아 있다는 거다
그리움이 남아 있다는 것은
보이지 않는 곳에
아직도 너를 가지고 있다는 거다

이렇게 저렇게 생각을 해보아도
어린 시절의 마당보다 좁은
이 세상
인간의 자리
부질없는 자리

가리울 곳 없는
회오리 들판
아 고독하다는 것은
아직도 나에게 소망이 남아 있다는 거요

소망이 남아 있다는 것은
아직도 나에게 삶이 남아 있다는 거요
삶이 남아 있다는 것은
아직도 나에게 그리움이 남아 있다는 거다
그리움이 남아 있다는 것은
보이지 않는 곳에
아직도 너를 가지고 있다는 거다

헤어지는 연습을 하며

헤어지는 연습을 하며 사세
떠나는 연습을 하며 사세

아름다운 얼굴, 아름다운 눈
아름다운 입술, 아름다운 목
아름다운 손목
서로 다하지 못하고 시간이 되려니
인생이 그러하거니와
세상에 와서 알아야 할 일은
'떠나는 일'일세

실로 스스로의 쓸쓸한 투쟁이었으며
스스로의 쓸쓸한 노래였으나

작별을 하는 절차를 배우며 사세
작별을 하는 방법을 배우며 사세
작별을 하는 말을 배우며 사세

아름다운 자연, 아름다운 인생
아름다운 정, 아름다운 말

두고 가는 것을 배우며 사세
떠나는 연습을 하며 사세

인생은 인간들의 옛집
아! 우리 서로 마지막 할
말을 배우며 사세

편지

달 없는 밤하늘은
온 별들의 장날이었습니다

시간

이것이 바로, 하여
눈을 떠보면
텅 빈 마냥 그 자리
아무것도 없다

차가운 것도
뜨거운 것도
그 아닌 마냥 '있는' 이 자리

아, 영원은 항상 고독한 것!
끝 있는 거로 끝없는 걸
찾아가다
목숨 떨어지면
그뿐
툭툭 털어
손 놓고 돌아서는 자리

인간이여
배정된 우리 서로
이 시간이여

하루만의 위안慰安

잊어버려야만 한다
진정 잊어버려야만 한다
오고 가는 먼 길가에서
인사 없이 헤어진 지금은 누구던가
그 사람으로 잊어버려야만 한다
온 생명은 모두 흘러가는 데 있고
흘러가는 한 줄기 속에
나도 또 하나 작은
비둘기 가슴을 비벼 대며 밀려가야만 한다
눈을 감으면
나와 가까운 어느 자리에
싸리꽃이 마구 핀 잔디밭이 있어
잔디밭에 누워
마지막 하늘을 바라보는 내 그날이 온다
그날이 있어 나는 살고
그날을 위하여 바쳐 온 마지막 내 소리를 생각한다
그날이 오면
잊어버려야만 한다

진정 잊어버려야만 한다
오고 가는 먼 길가에서
인사 없이 헤어진 시방은 누구던가
그 사람으로 잊어버려야만 한다

오산 인터체인지
― 고향으로 가는 길

자, 그럼
하는 손을 짙은 안개가 잡는다.

넌 남으로 천 리
난 동으로 사십 리
산을 넘는
저수지 마을
삭지 않는 시간, 삭은 산천을 돈다.
등燈은, 덴마크의 여인처럼
푸른 눈 긴 다리
안개 속에 초초히
떨어져 서 있고
허허 들판
작별을 하면
말도 무용해진다.
어느새 이곳
자, 그럼
넌 남으로 천 리
난 동으로 사십 리.

사랑은

사랑은 아름다운 구름
이며
보이지 않는 바람
인간이 사는 곳에서
돈다.

사랑은 소리 나지 않는 목숨
이며
보이지 않는 오열
떨어져 있는 곳에서 돈다.

주어도 주어도 모자라는
마음
받아도 받아도 모자라는
목숨

사랑은 닿지 않는 구름
이며
머물지 않는 바람
차지 않는 혼자 속에서
돈다.

2

청춘에 기를 세워라

청춘에 네 기를 세워라
청춘에 네 그 기를 지켜라
기 아래 네 그 청춘을 엮어라

누구보다 땀 많이 간직한 생명
누구보다 피 많이 간직한 생명
누구보다 눈물 많이 간직한 생명

청춘은 푸른 바다라 하더라
청춘은 푸른 산이라 하더라
청춘은 푸른 하늘이라 하더라

해는 항시 가슴에서 솟아오르고
즐거운 젊은 날
흘러내리는 날 날이 우릴 키운다

청춘에 네 기를 세워라
청춘에 네 그 기를 지켜라
기 아래 네 그 청춘을 엮어라

어머님, 너무 멉니다

어머님, 너무 멉니다
당신이 가신 길 따라
산을 넘음에
당신이 부르시는 곳
아득히, 너무 멉니다
봉우릴 넘으면 또 봉우리
길 무한
고독한 영원
동행턴 벗도 이젠 보이질 않습니다
철없이 애타던 거
사랑했던 거
미워했던 거
기뻐했던 거
슬퍼했던 거
고집했던 거
지키던 거
이젠 구름
남은 건 저린 가슴뿐입니다
혼잡니다
혼자 죽는 그 아픔을 가르쳐 주십시오

봉우리
봉우리, 넘어
버리고 가는 길
이건
어머님, 너무합니다.

안개로 가는 길
— 경인고속도로에서

안개로 가는 사람
안개에서 오는 사람
인간의 목소리 잠적한
이 새벽
이 적막
휙휙
곧은 속도로 달리는 생명
창 밖은
마냥
안개다

한마디로 말해서
긴 내 이 인생은 무엇이었던가
지금 말할 수 없는 이 해답
아직 안개로 가는 길이 아닌가

이렇게 생각하면 이렇게
저렇게 생각하면 저렇게
생각할 수도 있던 세상에서
무엇 때문에 나는

이 길로 왔을까

피하며, 피하며
비켜서 온 자리
사방이 내 것이 아닌 자리
빈 소유에 떠서

안개로 가는 길
안개에서 오는 길
휙휙
곧은 속도로 엇갈리는 생명
창 밖은
마냥 안개다.

절벽
　　— 카보 다 로카Cabo da Roca에서

'육지의 끝, 바다의 시작'
그 옛날 포르투갈 시인이 외쳤던
유라시아 대륙의 마지막 절벽
까마득한 절벽 아래서 대서양이 부서진다

아, 이 절벽
이 바람
이 구름
시인은 항상 그 절벽에서 도는 게 아닌가

동경 9도 30분
북위 38도 47분

이곳은 포르투갈 카보 다 로카
하늘 높이
시의 구절이 솟아 있는
탑의 절벽

방랑과
망향

인간의 꿈과 절망이 감돌던 곳
그곳에 서서
나는 나의 한계를 잰다
'욕망의 끝, 포기의 시작'

네오로맨티시즘

가을날 가랑잎이 물에 떠서
흔들리듯이
시든 들꽃이 벌판에서 바람에 쓸려
흔들리듯이
나뭇가지 끝에 남은 한 잎이 구름에 떠서
흔들리듯이
낙엽이 땅에 떨어져 이리저리로
휘몰려 가듯이
아, 가난한 목숨이 죽음에 떠서
흔들리듯이
비 내리는 이 도시의 저녁
내가 나에 떠서 흔들리는
가을.

사랑, 혹은 그리움

너와 나는
일 밀리미터의 수억 분지 일로 좁힌 거리에 있어도
그 수천억 배 되는 거리 밖에
떨어져 있는 생각

그리하여 그 떨어져 있는 거리 밖에서
사랑, 혹은, 그리워하는 정을 타고난 죄로
나날을, 스스로의 우리 안에서, 허공에
생명을 한 잎, 한 잎, 날리고 있는 거다

가까울수록 짙은
외로운 안개
무욕한 고독

아, 너와 나의 거리는
일 밀리미터의 수억 분지 일의 거리이지만
그 수천억 배의 거리 밖에 떨어져 있구나

이오니아 바다의 돌

호메로스의 일리아스 시대부터
바닷물에 닦인 작은 돌을 줍는다
얼마나 많은 일 월을 이곳
코르푸 이오니아 바닷가에서
나를 기다렸던가.
먼먼 그 약속이 오늘에야 이루어진다.

인간은 누구나 먼 전생의 약속을 타고 나와
그 약속대로 이 이승을 살아가는 거
그러나 아직도 보이지 않는 너는 어디에 있는가

남은 약속 속에.

먼 그 약속

그때 그 약속이
이렇게 빗나가고, 늦어 버렸습니다

이승에서 가장 귀한 나의 말들로
가득히 담으려 했는데
이렇게 초라한 바구니로 되어 버렸습니다.

내 온 생애를 다 드린다 한들
이제 무슨 소용이 있겠습니까

너무나 오래 떨어져 있는 자리
이러다가 영 사라질 자리
그저 그렇게 봐주시길.

노변의 꽃들

저것들에게도 분명 무슨 말들이 있을 거다
그렇지 않고선 어찌
저렇게 온종일
바람과 낄낄거린다는 말인가

저것들에게도 분명 무슨 사연들이 있을 거다
그렇지 않고선 어찌
저렇게 밤을 새워 기다린다는 말인가

저것들에게도 분명 무슨 사랑들이 있을 거다
그렇지 않고선 어찌
저렇게 곱게 몸단장을 한다는 말인가

그리고 저것들에게도 분명 무슨 미련이 있을 거다
그렇지 않고선 어찌
저렇게도 해마다 해마다 그 자리
그곳에 다시 피어난다는 말인가
그러나 나의 길은 가면 못 오는 길

한번 지나갈 뿐
이제 그 길을 나는 지금 고속으로
너를 보며보며 지나가고 있는 거다
이렇게 나머질.

추억

잊어버리자고
바다 기슭을 걸어 보던 날이
하루
이틀
사흘

여름 가고
가을 가고
조개 줍는 해녀의 무리 사라진 겨울 이 바다에

잊어버리자고
바다 기슭을 걸어가는 날이
하루 이틀 사흘

파리

향수와 연초 냄새 짙은 유럽 하늘 아래서
노트르담은 나이를 먹고
센은 사랑을 적시며 늙을 줄을 모른다

지지리 못생겼으나 목석이 아니어서 슬펐던
쓸쓸한 나의 벗은
지금 종소리 속에 간 곳이 없고
사랑은 남아서 노래를 기른다

애인은 바뀌어도 센은 그저 흐르는 것
시간을 여행하는 나의 마음아
센에 비쳐서 내가 흐른다

에뜨랑제란 인간을 말하는 것
온 곳도 모르고 갈 곳도 모르는
나는 순수한 코리언
멀어서 마냥 슬픈 사람
손이 비어서 마냥 허전한 나그네
향수와 연초 냄새 짙은 유럽 하늘 아래서
노트르담은 나이를 먹고
나는 인간 나그네
센은 사랑을 적시며 늙을 줄을 모른다

공존의 이유 · 12

깊이 사귀지 마세
작별이 잦은 우리들의 맹세

가벼운 정도로
사귀세

악수가 서로 짐이 되면
작별을 하세

어려운 말로
이야기하지
않기로 하세

너만이라든지
우리들만이라든지

이것은 비밀일세라든지
같은 말들은

하지 않기로 하세

내가 너를 생각하는 깊이를
보일 수가 없기 때문에

내가 나를 생각하는 깊이를
보일 수가 없기 때문에

내가 어디메쯤 간다는 것을
보일 수가 없기 때문에

작별이 올 때
후회하지 않을 정도로 사귀세

작별을 하며
작별을 하며
사세

작별이 오면
잊어버릴 수 있을 정도로

악수를 하세

지금 너와 내가

지금 너와 내가 살고 있는
이 시간은
죽어 간 사람들이 다하지 못한
그 시간이다

그리고 지금 너와 내가 살고 있는
이 오늘은
죽어 간 사람들이 다하지 못한
그 내일이다

아! 그리고 너와 나는
너와 내가 다하지 못한 채 이 시간을 두고
이 시간을 떠나야 하리

그리고 너와 나는
너와 내가 다하지 못한 채 이 오늘을 두고
이 오늘을 떠나야 하리

그리고 너와 나는
너와 내가 아직도 보지 못한 채 이 내일을 두고
이 내일을 떠나야 하리

오! 시간을 잡는 자여
내일을 갖는 자여

지금 너와 내가 마시고 있는
이 시간은
죽어 간 사람들이 다하지 못한
그 시간

그리고 지금 너와 내가 잠시 같이하는
이 오늘은
우리 서로 두고 갈
—그 내일이다

종달새

난 네 하늘에 뜬
적요한 불꽃
끝있는 목숨으로
끝없는 널 닫다

아, 영원은 항시 고독한 거
그곳에서 넌 구름이 된다.

지금, 이 깊은 밤에

지금, 이 깊은 밤에
슬픈 여인의 발자국 소리처럼
캄캄한 유리창 밖을 비가 축축이 지나가고 있습니다

먼 곳에서 이곳까지 와서
말 한마디 하지 않으며
지금, 이 깊은 밤
캄캄한 유리창 밖을
쓸쓸한 여인의 발자국 소리처럼
비가 축축이 지나가고 있습니다.

밤도 홀로 흐르고
유리창도 홀로 흐르고
등불도 홀로 흐르고
나도 홀로 흐르고

지금, 이 깊은 밤에
쓸쓸한 여인의 발자국 소리처럼
캄캄한 유리창 밖을
비가 축축이 그저 지나가고 있습니다.

모래밭의 발자국

아침 일찍이 바다 기슭을 걸었습니다
아무도 걷지 않은 모래밭을
나의 발자국은 나를 따라오고 있었습니다

저녁 늦게 다시 바다 기슭을 걸었습니다
아침에 나를 따라오던 그 발자국은
밀려드는 바닷물에 맥없이 사라지고 있었습니다.

황홀한 모순

사랑한다는 것은 사랑하는 사람에게
먼 훗날, 슬픔을 주는 것을, 이 나이에

사랑한다는 것은 사랑하는 사람에게
오히려 기쁨보다는
슬픔이라는 무거운 훗날을 주는 것을, 이 나이에

아, 사랑도 헤어짐이 있는 것을
알면서도 사랑한다는 것은
씻어낼 수 없는 눈물인 것을, 이 나이에

사랑하면 사랑할수록
헤어짐은 이루 말할 수 없는 적막

그 적막을 이겨낼 수 있는 슬픔을 기르며
나는 사랑한다, 이 나이에

사랑은 슬픔을 기르는 것을
사랑은 그 마지막 적막을 기르는 것을.

나의 생애

일본이 제국주의로 판을 칠 때
나는 태어나, 가난했고

한국이 대중주의로 판을 칠 때
나는 방황하며, 슬펐고

세계가 돈주의로 판을 칠 때
나는 고독하며, 죽어 가고 있었다.

꽃을 파는 어린 소녀

너는 이 세상에 알라 신神이 보낸
눈물의 종이다

네가 파는 꽃은 눈물이다
어찌 인간의 눈으로 너를 바로 보리

까만 너의 깊은 눈동자엔
오만 가지 이 세상의 슬픔이 돈다

슬픔은 때론 이렇게도 아름다운 것을

아, 알라신이여, 나는 당신을 모르지만
당신의 어린 종은 축축한 밤거리에서
배고프게 나를 빨아들입니다

까만 눈동자 속으로 깊이
소녀여, 보스포라스 해안을 떠도는
장미 송이여
가슴을 찢고 나오는 눈물의 작은 진주여.

파이프를 청소하고 있노라니

파이프를 청소하며 있노라니
내 내부를 닦아내고 있는 생각이 들었습니다

어찌나 댓진이 까맣게 끼어 있었던지
하얀 클리너가 새까맣게 되어 나왔습니다

내 속은 어떨는지, 되돌아보니
칠십이 넘은 세월의 내 몸, 이젠
그 많았던 욕망이 생존에 엉겨 흘러간 자리
속은 텅 빈 가벼운 구멍
술술 가을 하늘이 지나가고 있었습니다

일요일, 가을밤.

4

밤중에 걸려오는 전화는

밤중에 걸려오는 전화들은
외롭다
외로운 사람들의 목소리들이다
쓸쓸한 사람들의 사연들이다
내가 대답을 할 수 없는 사정들이다
내가 대답을 해도
나도 모르는 인생들이다

밤중에 걸려 오는 전화들은
길을 찾는 목소리들이다
길을 찾는 사람들의 사연들이다
길을 묻는 쓸쓸한 사람들의 사정들이다
내가 대답을 한들
나도 해결할 수 없는 인생들이다.

나의 존재

바람이 집이 없듯이
구름이 거처가 없듯이
나는 바람에 밀려가는
집 없는 구름이옵니다

나뭇가지에 간혹 의지한다 해도
바람이 불면
작별을 해야 할 덧없는 구름이올시다.

개구리의 명상 · 1

나의 사투리를 아는 사람은
다만 나의 고향 사람들뿐이옵니다

아, 그와도 같이
나의 시를 아는 사람은, 오로지
나의 눈물의 고향을 아는 사람들뿐이옵니다.

언제 이 세상 떠나더라도

언제 이 세상 떠나더라도
이 말 한마디
"세상 어지럽게 많은 말들을 뿌렸습니다"
다 잊어 주십시오

언제 이 세상 떠나더라도
이 말 한마디
"당신을 사랑했습니다"
다 잊어 주십시오.

언제 이 세상 떠나더라도
이 말 한마디
"당신의 사랑의 은혜 무량했습니다"
보답 못한 거 다 잊어 주십시오

아, 언제 이 세상 떠나더라도
이 말 한마디.

그리움을 남기면서

섬에서 낳아서, 섬에서 자라서
대륙이 그리워
먼 원양선만 바라다보며 발돋움하다가
목이 길어졌다는 한 사나이가 있었습니다

산골에서 낳아서, 산골에서 자라서
산 너머 세상이 그리워
먼 하늘만 올려다보며 철새들만 바라보다가
마음이 철새가 되어서 늙었다는 한 여인이 있었습니다

바다는 넓고 멀고
하늘은 높고 멀고
세월은 그저 지나가는 바람이고.

시인詩人의 사랑

나는 생전 의지할 집도 '하나' 없지만
당신을 사랑하옵니다

나는 생전 소유라는 것도 하나 없지만
당신을 사랑하옵니다

나는 하루하루의 양식에도 불안하오나
당신을 사랑하옵니다

아, 나는 천공天空의 바람이요, 구름이오나
당신을 사랑하옵니다

운명처럼.

인간은 죽었다

학생 시절,
밤을 새워 가면서 읽었던
프리드리히 빌헬름 니체는
"신은 죽었다"고 했지만
오늘날은
"인간은 죽었습니다"

썩어 가는 지구에
아직은 사람은 살아 있지만
인간은 죽었습니다

나는 죽은 인간과
살아 있는 사람 사이에서
20세기 말을 살고 있습니다.

영혼이 없는 사람들,
그 고독 속에서.

민들레꽃

요란하지 않아서 좋다
화려하지 않아서 마음이 놓인다
평범해서 정이 간다
평범하고 요란하지 않고 화려하지 않아서
평안하다

민들레는 장소를 가리지 않고
씨가 머무는 곳에서
강하게 강인하게 피어난다

피어나서
요란하지 않아서 좋다
화려하지 않아서 좋다
수줍어하며 수줍어하며
나를 안아 주어 편안하다.

내게 당신의 사랑이 그러하듯이

씨를 뿌리는 사람은
생명을 뿌리는 사람이어라

나무를 심는 사람은
지구에 세월을 심는 사람이어라

씨를 뿌리고, 나무를 심는 사람은
생명을 뿌리고, 세월을 심는 사람이어라

아, 그것은
스스로는 다 걷을 수 없는 꿈을 심는 일이어라
스스로는 다 볼 수 없는 세월을 심는 일이어라

내게 당신의 사랑이 그러하듯이

신神은

신은, 신이옵고
사람은 사람이옵니다

신은, 기원이나 기도가 아니옵고
그것은 스스로의 마음 안에 있는
가장 가까운 이웃이어서
가장 마음이 놓이는 위안이옵니다

어려울 때나 슬플 때나
스스로 마음 놓고 불러 보는 이름,
아늑한 그 위안이옵니다

홀로.

5

무상無常

— 캐나다, 앨버타, 로키산맥을 돌며

날이 개다 흐리고. 흐리다 갑자기
비로 내리고. 비로 내리다가 눈으로 내리고
눈으로 내리다 갑자기 또 개이고

개이면서 뭉게뭉게 구름으로 뭉쳐서
온 하늘을 떠돌고…….
아, 사람으로 알 수 없는 이 변화

인생도 이러하려니
인간의 삶, 또한 이러하리

슬픔도 잠시. 외로움도 잠시.
어려움도 잠시. 근심 걱정도 잠시.
고민도 잠시. 생명도 잠시.
잠시잠시 살다가
잠시의 일생을 마치고 떠나는 것이려니

아, 사랑아.

혜화동 로터리

혜화동 로터리,
울창한 플라타너스 나무 그늘을
잠든 아가를 태운 하얀 유모차를 밀고
앳된 예쁜 엄마가 지나간다

심한 장마가 지나간 오후
쨍쨍 쪼이는 햇살

눈부신 빨래처럼 따갑고
오가는 사람 한가로운 서늘한 그늘
지나는 수녀 한 쌍

신호등 건너 빨간 우체통
마냥 그 자리
오도카니 서 있고

꿈의 귀향
— 묘비명

어머님 심부름으로 이 세상 나왔다가
이제 어머님 심부름 다 마치고
어머님께 돌아왔습니다.

오늘도 이렇게

"시대는 젊어가고 나는 늙었다"
잠결에 혹, 지나가는 이 생각,
꼬리를 물며 잠을 잊는다.

젊어가는 이 시대를 살 수 있는
아무런 능력도, 기력도 없는 삶,
이것은 삶이 아니라 삶이 버린 삶이어라

배우고 쌓아올린 나의 능력은
이제, 이 시대엔 쓸모가 없고
밀려난 자리에서 맥없이 돈다

아, 어지러운 세상
순간처럼 변하는 세월
잠시도 불안이 가시지 않으니
살아 있는 것이 살아 있는 것이 아니어라

어디선가 첫닭 우는 소리
오늘도 이렇게.

시詩를 살다 보니

시를 살다 보니
시를 알려는 세상이 아니라
느끼는 세상이어라, 퉁기는 세상이어라

시를 오래 살다 보니
시는 배우는 세상이 아니라
느끼면서 더 깊은 곳으로 찾아가는 세상이어라

시를 오래 평생을 살다 보니
시는 아는 것이 늘어가는 세상이 아니라
느끼며 생각하며 다시 잊어가는 것이어라

시를 80이 넘도록 살다 보니
시는 자랑이 아니라, 따지는 것이 아니라
느끼며 생각하며 깊이 인생을 살아가며
다시 텅 비어가는 일이어라

아, 시를 오래 살다 보니
시는 우주로 비어가는 세상이어라.

묵은 편지를 버리며

묵은 편지를 버리며, 추리며,
이리저리 뒤적거리는
먼지 쌓인 봉다리들
한 50편, 나의 문단생활

깊은 먼지에 묻혀서
용케도 그곳에 있었구나, 하는 생각
이제 머지않아 이것들하고
작별하겠지

"너 아직도 시를 쓰니
읽는 사람도 없는데……"
이런 편지를 보낸
그 친구는 지금 어디에 있을까

먼지를 닦으며 읽어 내리는 그 편지,
그 얼굴, 그 비웃음, 그 작별,

까마득히 아롱거리며
지금 나의 나이 80,
나의 80이 부끄러운 그 시였구나,

하는 생각 들며
내가 시로 찾은 것은 무엇일까,
나를 돌아다보며, 그것이 나지, 하고
매듭짓는 내 마음

아, 어디선지 내가 사라지는 소리,
들리며.

나의 생애

역사는 모든 이의 운명의 합류이며
운명은 한 개인의 어쩔 수 없는 흐름이다

나는 그 역사와 운명을 같이해 오며
많은 상처를 살아왔다

역사는 아슬아슬한 이데올로기의 거센 물결이었으며
운명은 너무도 외로운 밤이었다

나의 시대적 양심은 사원의 촛불
촛불은 긴 밤을 아침으로 이어 주었다

아, 생애 마지막으로 이어가는 이 아침
텅 빈 맑은 이 하늘이여.

고요한 참회

나에게 주어진
삶의 끝머리에서
삶을 알았으니 어찌하리

나에게 주어진
인생의 끝머리에서
그 인생을 알았으니 어찌하리

아 이렇게
사랑의 끝머리에서
사랑을 알았으니 어찌하리

사람은 죽는 것을
그 끝머리에서 알았으니

이 끝머리에서 알았으니

예술藝術의 뿌리

자연은 인간생명의 고향이며
에로스는 인간영혼의 고향이어라

인간이 두 고향에서
제한된 생명을 살아야 하는
그 위안으로서
끊임없이 예술행위를 계속하는 것이다.

마지막 노자

이제 이곳부터는
사람하곤 멀리할 일이려니
듣는 것, 보는 것, 말하는 것
모두 멀리할 일이려니

특히 말을 멀리 할 일이려니
무거운 말은 삼가할 일이려니

이제부턴 네가 살 곳은
텅 빈 우주이려니
말 없는 자연이려니
비정한 세월이려니

오로지 제가 간직할 것은 사랑하던 일이려니
이별하던 일이려니

이 비밀은 네 마지막 노자이려니

1921(1세) 5월 2일(음력 3월 25일) 축시, 경기도 안성군
양성면 난실리 322에서 출생(본관 한양), 5남
2녀 중 막내. 부 난유蘭圃 조두원趙斗元, 모 진
종陳鐘. 아호는 편운片雲.

1928(8세) 부 조두원 별세(부친으로부터 천문자를 배움).

1929(9세) 송전공립보통학교 입학. 모친을 따라 서울로
이사. 서울 미동공립보통학교 2학년 편입. 아
동 문선, 아동 미전에 입선.

1936(16세) 경성사범학교 보통과 입학. 교내 조선어연구
회 회지에 시를 발표.

1941(21세) 보통과 5년을 졸업하고 상교 연습과 입학.

1943(23세) 졸업 후 일본 동경고등사범학교 이과에 입학.

1945(24세) 3학년 재학중 귀국. 경성사범학교 이화학실
근무. 경성사범학교 교유教諭(물리·수학). 김
준金埈(경성여의전 졸업반)과 결혼.

1946(26세) 대한럭비축구협회 이사(1963년까지). 장남 진
형眞衡 출생.

1947(27세) 서울에서 인천으로 이사. 인천중학교(현 제물
포고등학교) 교사.

1949(29세) 서울중학교(현 서울고등학교) 교사. 장녀 원媛
출생.
제1시집『버리고 싶은 유산』(산호장) 간행.

1950(30세) 제2시집『하루만의 위안』(산호장) 출간.

1951(31세) 차녀 양洋 출생.

1952(32세) 제3시집『패각의 침실』(정음사) 간행.

1954(34세) 제4시집『인간고도』(산호장) 간행.

1955(35세) 3녀 영泳 출생.
중앙대학교 문리과대학 출강(시론).
제5시집『사랑이 가기 전에』(정음사) 간행.

1957(37세) 『사랑이 가기 전에』 영역(김동성金東晟)으로 간행.
제6시집『서울』(성문각) 간행.

1958(38세) 제7시집『석아화』(대만 기행 시화집)(정음사),
『밤이 가면 아침이 온다』(신흥출판사), 중국어
역 시집『석아화』(중국 소설가 곽의동 역)(대
북 중국문화사) 간행.

1959(39세) 경희대학교 문리과대학 조교수.『현대시 작법』
(정음사) 번역 간행.
제8시집『기다리며 사는 사람들』(기행시화집;
성문각) 간행.

1960(40세) 제7회 아세아자유문학상 수상. 경희대학교 출
판국 창설, 초대 국장.

1961(41세) 전기『101인의 시인』(정음사), 제9시집『밤의
이야기』(정음사) 간행. 연세대학교 출강.

1962(42세) 모 진종 여사 별세. 제10시집 『낮은 목소리로』
(중앙문화사) 간행.

1963(43세) 모친의 묘소 옆에 편운재 기공. 경희대학교 문
리과대학 부교수.
제11시집 『공존의 이유』(선명문화사), 제12시
집 『쓸개 포도의 비가』(동아출판사) 간행.

1964(44세) 제13시집 『시간의 숙소를 더듬어서』(양지사)
간행.

1965(45세) 제14시집 『내일 어느 자리에서』(춘조사) 간행.

1966(46세) 제15시집 『가을은 남은 거예』(미국 기행 시화
집, 성문각) 간행.

1967(47세) 경희대학교 문리과대학 교수. 이화여자대학교
대학원 출강.
시론집 『슬픔과 기쁨이 있는 곳』(중앙출판공
사) 간행.

1968(48세) 제16시집 『가슴의 램프』(민중서관), 선시집 『
고독한 하이웨이』(성문각) 간행.

1969(49세) 경희대학교 문화상 수상. 제17시집 『내 고향
먼 곳에서』(세계일주 기행 시화집, 중앙출판
공사) 간행.

1970(50세) 국제 P.E.N. 서울대회 재정위원장 피선.

1971(51세) 중화민국 신시학회로부터 두보상패를 받음.
제18시집『오산 인터체인지』(문원사), 제19시
집『별의 시장』(대만·동남아 기행 시화집, 동
화출판공사) 간행.

1972(52세) 경희대학교 문리과 대학장 취임. 제20시집『
먼지와 바람 사이』(동화출판공사) 간행.

1973(53세) 한국문인협회 부이사장 피선. 영역시집『Four
teen Poems』경희대학교), 제21시집『어머니』
(중앙출판공사) 간행.

1974(54세) 한국시인협회상 수상. 영역 시집『Where Clo
uds Pass by』(중앙출판공사), 유화집『길 Road』
(동화출판공사) 간행. 중화민국 중국문화대학
중화학술원에서 명예 철학박사 학위를 받음.

1975(55세) 선시집『나는 내 어둠을』(민음사), 제22시집
『남남』(일지사)간행.

1976(56세) 국민훈장 동백장 받음. 선시집『조병화 시선』
(정음문고),『때로 때때로』(삼중당문고), 영역
시집『Twenty Poems』(경희대학교).
일본어 시집『寂廖の炎』(경희대학교).
제23시집『창 안에 창 밖에』(열화당) 간행.

1977(57세) 독일어역 시집『Ein Leben』(경희대학교), 수
필집『시인의 비망록』(문학예술사), 시론집
『시인의 편지』(청조사), 영역 시집『Whispers
at Night』(경희대학교) 간행.

1978(58세) 수필집 『낮달』(태창문화사), 제24시집 『딸의 파이프』(일지사) 간행.

1979(59세) 영역 시집 『Trumpet Shell』(경희대학교), 『Selected Poems』(학원사), 조병화 전집 『바다를 잃은 소라』등 제1권~제3권(학원사), 선시집 『빈 의자로 오시지요』(열음사), 제29시집 『해가 뜨고 해가 지고』(오성사) 간행.

1986(66세) 인하대학교 대학원 원장으로 정년퇴직, 국민훈장 모란장을 받음, 제9차 세계시인대회에서 타고르문학 기념패를 받음. 한국문인협회 부이사장에 피선. 정년 퇴직 기념 논문집 『조병화의 문학세계』(일지사), 어록집 『언제나처럼 그 자리에』(융성사), 수필집 『마지막 그리움의 등불』(학원사), 『자유로운 삶의 위하여』(어문각), 『왜 사는가』(자유문학사), 『고독과 사색의 창가에서』(자유문학사), 선시집 『조병화 시집』(범우문고), 『그리움이 지면 별이 뜨고』(예전사), 『홀로 있는 곳에』(어문각), 조병화 전집 『머나먼 길, 구름처럼』등 제4~제6권(학원사) 간행.

1987(67세) 중앙대학교 객원 교수. 수필집 『너와 나의 시간에』(동문선), 『어머님 방의 등불을 바라보며』(삼중당), 『내일로 가는 길에』(영언문화사), 『추억』(자유문화사), 『홀로 지다 남은 들꽃처럼』(해문출판사), 조병화 전집 제7권 『하늘에 떠 있는 고독』(학원사), 불어 시집 『NUAGES』(6월,

Euroeditor, 룩셈부르크), 일어 시집 『言葉の
遺跡』(세계시인회의 한국위원회), 컬러시화집
『길』(동문선), 시집 『밤의 이야기』 개정판(백
상), 『사랑이 가기 전에』 개정판(열음사), 제3
1시집 『길은 나를 부르며』(청하) 간행.

1988(68세) 88올림픽 개만 축하 칸타타 제작 상연(예술의
전당, 작곡 박영근 교수, KBS심포니). 수필집
『사랑, 그 홀로』(백양출판사), 『사랑은 아직도』
(백양출판사), 『새벽은 꿈을 안고』(신원문화
사), 『꿈과 사랑, 그리고 내일』(현대문화센터),
선시집 『구름으로 바람으로』(문학사상사),
『여숙의 바람소리』(혜원출판사), 조병화 전집
『내 마음 빈 자리』등 제8권~제10권(학원사),
에세이 『마침내 사랑이 그러하듯이』(백상), 영
어 시집 『NIGHT TALK』(Universal Publishi
ng Co. UPA.), 『STRANGERS』(Universal P
ublishing Co. UPA.), 제32시집 『혼자 가는
길』(우일문화사) 간행.

1989(69세) 제18회 한국문인협회 이사장. 선시집 『사랑의
계절』(거암사), 수필집 『 떠난 세월, 떠난 사람』
(현대문학사), 『하늘 아래 그 빈자리에』(성정
출판사), 제33시집 『지나가는 길에』(신원문화
사) 간행.

1990(70세) 삼일문화상 수상. 제34시집 『후회 없는 고독』
(미학사), 영어 시집 『The Fact That I am lo
nely』(케빈 오록 역, 우일문화사) 간행. 시집
『어머니』(미래문화사) 개정증보.

1991(71세) 제1회 편운문학상 제정 시행. 세계시인대회
공로상 수상.
제35시집 『찾아가야 할 길』(인문당), 자서전
『나의 생애 나의 사상』(둥지), 수필집 『꿈은
너와 나에게』(해냄출판사), 선시집 『숨어서 우
는 노래』(미래사) 간행.

1992(72세) 대한민국문학대상 수상. 제36시집 『낙타의 울
음소리』(동문선), 제37시집 『타향에 핀 작은
들꽃』(시와시학사). 제38시집 『다는 갈 수 없
는 세월』(혜화당), 선시집 『잠 잃은 밤의 편지』
(도서출판세기), 시와 수필집 『시의 오솔길을
가며』(스포츠서울), 수필집 『꿈이 있는 정거장』
(고려원) 간행.

1993(73세) 편운회관 준공식(경기도 안성 난실리). 문학공
간사 문학상 시상식에서 제1회 공로상 수상. 시
화집 『그리움』(동문선), 시선집 『사랑의 노숙』
(동문선), 『황홀한 모순』(동서문학사), 『길』개
정판(동문선), 시 18편 작곡집 『꿈』(박민종 작
곡, 음악춘추사), 제38시집 <잠 잃은 밤에』(동
문선), 스웨덴어 역어집 『꿈 Dröm』(스톡홀름),
수필집 『집을 떠난 사람이 길은 안다』(은율) 출간.

1994(74세) 제1회 순수문학상 수상. 서간집 『시인의 편지』
개정판(문지사), 『나의 생애』(영하), 제40시집
『개구리의 명상』(동문선), 수필집 『버릴거 버리
고 왔습니다』(문단과 문학사), 조병화 대표시집.
『사랑하면 할수록』(시와시학사), 시선집 일부
(제1시집 『버리고 싶은 유산』, 제2시집 『하루
만의 위안』, 제3시집 『패각의 침실』(동문선)),
제41시집 『내일로 가는 밤길에서』(문학수첩),
선시집 『사랑은 숨어서 부르는 노래』(백문사)
출간. 시집 『밤의 이야기』(백상사) 재간행.

1995(75세) 광복 50주년 기념 '1995 서울국제음악회' 기
념 칸타타 공연 (작곡 이영자, 지휘 임원식, 예
술의 전당). 27대 대한민국예술원 회장 피선.
시로 쓰는 자서전 『세월은 자란다』(문학수첩),
제42시집 『시간의 속도』(융성사) 출간.

1996(76세) 금관문화훈장 수훈. 수필집 『떠난 세월 떠난
사람』 증보판(융성사), 『너를 살며 나를 살며』
(고려원), 『편운재에서의 편지』(나보다 저 외
로운 사람에게, 둥지), 역시집 『雲の笛』(강정
중 역, 일본 화신사). 제43시집 『서로 따로따
로』(예니출판사) 출간.

1997(77세) 5·16민족상 수상. 『그리다 만 초상화』(지혜네).
제44시집 『아내의 방』(동문선), 영역 시집
『Songs st Twilight』, 제45시집 『그리운 사람
이 있다는 것은』(동문선), 제46시집 『황혼의
노래』(마을) 간행. 일본어역 시화집 『旅, 近く
て遠い異国の友へ』(大阪 海風社 刊) 출판.

1998(78세) 부인 김준 사망. 제47시집 『먼 약속』(마을),
수필집 『편운제에서의 편지』(외로우며 사랑하
며, 가야미디어), 제48시집 『기다림은 아련히』
(가야미디어) 출간.

1999(79세) 제26시집 『머나먼 약속』 캐나다 빅토리아대
학에서 명예문학박사 학위 받음. 수필집 『내게
슬픔과 기쁨이 삶이듯이』(미래사), 시론집 『고
백』(『밤이 가면 아침이 온다』 개정판, 오성
사), 제49시집 『따뜻한 슬픔』(동문선) 출간.

2000(80세) 광주 동구공원에서 시비 세움. 제50시집 『고
요한 귀향』(시와시학사) 출간.

2001(81세) 국립 전통문화대학교 시비 건립. 전담 진도시에
<진도찬가> 시비 건립. 경기 안성의 태평무전
수관에 <한성준 춤비> 시비 건립. 스페인 바
르셀로나 마라톤 우승 기념벽에 기념시 설치.
독일어판 제10시집 『낮은 목소리로』 독일어판,
제51시집 『세월의 이삭』(월간 에세이) 출간.

2002(82세) 제52시집 『남은 세월의 이삭』(동문선) 출간.

2003(83세) 수필집 『편운재에서의 편지』(문학수첩) 출간.
3월 8일 노환으로 경희의료원에서 별세. 고향
선영에 묻힘.

2005(85세) 제53시집 『넘을 수 없는 세월』 유고시집으로
출간(동문선).

〖한국대표명시선100〗을 펴내며

한국 현대시 100년의 금자탑은 장엄하다. 오랜 역사와 더불어 꽃피워온 얼·말·글의 새벽을 열었고 외세의 침략으로 역경과 수난 속에서도 모국어의 활화산은 더욱 불길을 뿜어 세계문학 속에 한국시의 참모습을 드러내게 되었다.

이 나라는 글의 나라였고 이 겨레는 시의 겨레였다. 글로 사직을 지키고 시로 살림하며 노래로 산과 물을 감싸왔다. 오늘 높아져 가는 겨레의 위상과 자존의 바탕에도 모국어의 위대한 용암이 들끓고 있음이다.

이제 우리는 이 땅의 시인들이 척박한 시대를 피땀으로 경작해온 풍성한 시의 수확을 먼 미래의 자손들에게까지 누리고 살 양식으로 공급하는 곳간을 여는 일에 나서야 할 때임을 깨닫고 서두르는 것이다.

일찍이 만해는 「님의 침묵」으로 빼앗긴 나라를 되찾고 잃어가는 민족정신을 일으켜 세우는 밑거름으로 삼았으며 그 기름의 뜻은 높은 뫼로 솟아오르고 너른 바다로 뻗어나가고 있다.

만해가 시를 최초로 활자화한 것은 옥중시 「무궁화를 심고자」(≪개벽≫ 27호 1922.9)였다. 만해사상실천선양회는 그 아흔 돌을 맞아 만해의 시정신을 기리는 일의 하나로 '한국대표명시선100'을 펴내게 된 것이다.

이로써 시인들은 더욱 붓을 가다듬어 후세에 길이 남을 명편들을 낳는 일에 나서게 될 것이고, 이 겨레는 이 크나큰 모국어의 축복을 길이 가슴에 새겨나갈 것이다.

만해사상실천선양회

한국대표명시선100 | 조 병 화

사랑이 가기 전에

1판1쇄 발행 2013년 7월 22일
1판2쇄 발행 2015년 10월 7일

지 은 이 조 병 화
뽑 은 이 만해사상실천선양회
펴 낸 이 이 창 섭
펴 낸 곳 시인생각
등 록 번 호 제2012-000007호(2012.7.6)
주   소 경기도 양평군 옥천면 고읍로 164
          ㉾476-832
전   화 (031)955-4961
팩   스 (031)955-4960
홈 페 이 지 http://www.dhmunhak.com
이 메 일 lkb4000@hanmail.net

값 6,000원

※ 이 책은 만해사상실천선양회의 지원으로 간행되었습니다.